For Anna, who always laughs at my jokes.
Well, usually.
L.C.

To my young grandma, with love.
J.N.

Text copyright © 1993 Lindsay Camp
Illustrations copyright © 1993 Jill Newton
Dual language text copyright © 2008 Mantra Lingua

This edition 2008

Mantra Lingua
Global House
303 Ballards Lane, London N12 8NP
www.mantralingua.com
www.talkingpen.co.uk

La Socod Harimcad

Keeping Up With Cheetah

Written by Lindsay Camp
Illustrated by Jill Newton

Somali translation by
Adam Jama

Mantra Lingua

Harimacad iyo Jeer ayaa jeclaa sheegidda sheekooyinka maadda leh. Runtii Harimacadka ayaa sheegi jiray sheekooyinka. Jeertu wuu uun dhegaysan jiray oo qosli jiray – qosol wayn oo caloosha ka soo go'ay. Sheekooyinku may ahayn qaar lagu qoslo laakiin Jeerta ayaa ku qosli jiray. Sababtaas ayayna saaxiibbo isku wanaagsan u ahaayeen.

Cheetah and Hippopotamus loved telling jokes. Actually, Cheetah told the jokes. Hippopotamus just listened and laughed – a deep, bellowy laugh. The jokes weren't very funny, but Hippopotamus thought they were. And that's why they were such good friends.

Laakiin Jeertu wuxuu lahaa cillad yar oo ka
cadhaysiin jirtay Harimacadka. Jeertu aad
umuu ordi kari jirin.

But one thing about Hippopotamus
annoyed Cheetah – Hippopotamus
couldn't run very fast.

"Haye soo soco Jeer," ayuu yidhaahdaa Harimacadku isaga oo aan sugi karayn. "Haddaad isoo gaadhi waydo ma maqli doontid maaddayda cusub."

"Come on Hippopotamus," Cheetah would shout impatiently. "If you can't keep up with me, you won't hear my new joke."

Laakiin taasi waxba uma taraynin. Jeertu sida Harimacadka uma ordi karayn.
Markaasaa Harimacadkii la saaxiibay Goroyo. Jeertii ayaa oohini qabatay.
Laakiin wuxuu go'aan ku gaadhay in uu tababar orod qaato oo ordo illaa uu
neefsan kariwaayo markaasuu jiifsadaa.

But it was no good. Hippopotamus couldn't run as fast
as Cheetah. So Cheetah made friends with Ostrich instead.
Hippopotamus felt like crying. But, instead, he practised
running until he was so out of breath that he had to lie down.

Welina wuu ogaa Jeertu in
aanu gaadhayn Harimacadka.

And he knew he still couldn't
keep up with Cheetah.

Laakiin Goroyada ayaa dhadhawaysay, Harimacadkii ayaa la dhacay xariifnimadiisa – inuu samaystay saaxiib cusub oo sidan u wanaagasan. "Ma kuu sheegaa maaddayda cusub?" ayuu waydiiyay.

Ostrich could – very nearly, anyway. Cheetah thought how clever he was to have made such a good new friend. "Would you like to hear my new joke, Ostrich?" he asked.

"Maya waad mahadsantahay," ayay tidhi Goroyadii. "Ma jecli maadda, ee aan waxoogaa kale orodno."

"No thank you," said Ostrich. "I don't like jokes. Let's run some more."

Harimacadkii maalintaa in ku filan ayuu orday. Wuxuu rabaa in uu cid u maadeeyo. Markaasuu la saaxiibay Geri. Jeertii ayaa ku tashaday waa in aan sida Harimacadka u dheereeyaa.

Cheetah had run enough for one day. He wanted to tell jokes. So he made friends with Giraffe instead. Now Hippopotamus was even more determined to run as fast as Cheetah.

Markaasaa Jeertii meel ku dhuuntay oo daawaday Harimacadkii iyo Gerigii oo
afarqaadaaya. Geriga lugihiisa dhaadheer baa hor lalaayay. Jiitahuna dibkiisa
dheer ayuu marba dhinac u saydhinayay si uu isugu miisaamo.

So he hid and watched as Giraffe and Cheetah galloped by.
Giraffe's long legs flew out in front and Cheetah lashed
his tail from side to side to keep his balance.

Dabeedna Jeertii baa damcay in uu sidooda oo kale sameeyo. Taasi umay sahlanayn.

Then Hippopotamus tried to do the same.
It wasn't easy.

Jeertii ayaa dhulka ku dhacay BUQ!
Muddo dheer ayay ku qaadandoontaa Jeerta
inuu soo gaadho Harimacadka.

Hippopotamus fell down with a CRASH!
It would be a long time before he could
keep up with Cheetah.

Gerigu isagu in yar buu u jirsaday inuu la orod noqdo Harimacadka.

Giraffe could – very nearly, anyway.

"Ma kuu sheegaa maaddayda cusub, Geriyaw?" Harimacadkii baa waydiiyay.
"Maxaa tidhi?" Gerigii baa yidhi. "Halkan sare ee aan joogo kaa maqlimaayo."
"Bal maxuu faa'iido leeyahay saaxiib aan xitaa dhegaysanayn maaddaada?"
ayuu ku fekeray Harimacadkii isaga oo cadhoonaya.

"Would you like to hear my new joke, Giraffe?" Cheetah asked.
"Pardon?" said Giraffe. "I can't hear you from up here."
"What's the good of a friend who doesn't even listen
to your jokes?" thought Cheetah crossly.

Markaasuu ku beddeshay in uu la saaxiibo Waraabe.
Markii Jeertii arkay sida wax u dhaceen ayuu kululaaday oo wareeray.
Waxaa jirtay arrin kaliya oo haddii uu sameeyo dejin lahayd.

And he made friends with Hyena instead.
When Hippopotamus saw this, he felt hot and bothered.
There was only one thing that would make him feel better.

In aan si wanaagsan waqti dheer ugu gelgelimaysto dhoobada.
Jeertu wuxuu jeclaa in uu si wacan u gelgelimaysto. Marka ay dhoobadu sii
badato ee dhiiqo sii noqoto ayuu ugu jecelyahay. Laakiin muddo dheer muu
gelgelimaysan waayo Harimacadka ayaa ku yidhi waa wasakh.

A good, long, deep, muddy wallow.
Hippopotamus loved wallowing. The deeper, the muddier, the more
he enjoyed it. But he hadn't had a wallow for a long time, because
Cheetah said it was dirty.

"Waa hagaag," Jeertii ayaa ku fekeray, "waxaan doonaba waan samaynkaraa immika." Markaasuu webigii quusay – ISBULUUSH! Aad buu uga helay.

"Well," thought Hippopotamus, "I can do what I like."
And he dived into the river – SPLOOSH!
It felt wonderful.

Halkii isaga oo biyihii dhex jiifa ayuu ka fekeray doqoniimadiisa. Sida Harimacadka uma ordi karo, laakiin wuu gelgelimaysan karaa. Inkasta oo uu ka xumaa in ay saaxiibkii kala tegaan, wuu ogaaday in aanu weligii sida Harimacadka u ordi karin.

As he lay there, he thought how silly he'd been. He couldn't run fast, but he could wallow. And although he was sad to lose a friend, he knew that he would never be able to keep up with Cheetah.

Waraabe inuu sidaas u ordo wuu karaayay – ama waa ku dhowaa.
Harimacadkii waa ku faraxsanaa arrintaa.
"Dhow, dhow," ayuu yidhi Harimacadkii.
"Ahaa, hii, heeee!" ayuu ku jawaabay Waraabe.

Hyena could – very nearly, anyway. Cheetah was very pleased.
"Knock knock," said Cheetah.
"Ha-hee-he-heeee!" said Hyena.

"Waxay ahayd in aad tidhaahdo, 'waa ayo?'" ayuu la soo booday Harimacadkii. "Maxay faa'iido kordhinaysaa in aan maaddayda cusub kuu sheego, haddii aad iska qoslayso aniga oo aan weli sheegin qaytii ugu maadda badnayd."
"HAAH, HEH, HE, HEE, HEEEEE!" Waraabe ayaa qayliyay.

"You're supposed to say, 'Who's there?' " snapped Cheetah. "What's the point of telling my new joke, if you laugh before I get to the funny bit?"
"HAH-EH-HEH-HEE-HEE!" screamed Hyena.

Markaasuu Harimacadkii ogaaday in uu u baahanyahay saaxiib kan ka duwan. Keligii wuu ordi karaa, laakiin maadayntu waxay xiiso leedahay marka cidi ku dhegaysanayso – oo la qoslo marka la gaadho meesha qosolka leh oo keliya. Xaggee ayuu ka helikaraa saaxiib caynkaas ah?

Then Cheetah realised that what he really needed was a different sort of friend. He could run by himself, but telling jokes was only fun if someone listened – and only laughed at the funny bits. Where could he find a friend like that?

Hore ayuu u lahaa saaxiib caynkaas ah! Harimacadkii ayaa
xagga geedka hadhka leh u orday. Jeertii muu joogin.
Harimacadkii ayaa qunyar xaggaa u luuday oo fekeray,
nacasnimo ayaa iqaaday markaasaan ka tegay saaxiib
sidaa u wanaagsan.

He already had one! Cheetah ran to the shady tree but
Hippopotamus wasn't there. As Cheetah walked slowly away,
he thought how silly he had been to lose such
a good friend.

Mar keliya ayuu arkay laba indhood oo
biyaha dhexdooda ka soo eegaya.

Suddenly he saw a pair of eyes
watching him from the river.

"Dhow, dhow," ayuu yidhi Harimacadkii.
"Waa ayo?" ayuu yidhi Jeertii.
"Harimacaaaad, dabcan!" ayuu yidhi Harimacadkii.
Markaasaa Jeertii qoslay oo qoslay.

"Knock knock," said Cheetah.
"Who's there?" said Hippopotamus.
"H-eetah, of course!" said Cheetah.
And Hippopotamus laughed
and laughed.